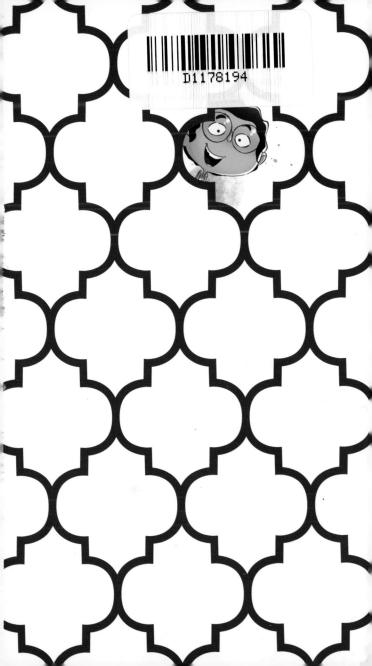

Catalogage avant publication de Bibliothèque et Archives nationales du Québec et Bibliothèque et Archives Canada

Gravel, François

    Les pouvoirs de Super Hakim

    (Super Hakim; 1)
    Pour enfants de 7 ans et plus.

    ISBN 978-2-89591-245-3

    I. Deschamps, Yvan, 1979- . II. Titre.

PS8563.R388P68 2016   jC843'.54   C2015-941536-5
PS9563.R388P68 2016

Tous droits réservés
Dépôts légaux: 1er trimestre 2016
Bibliothèque et Archives nationales du Québec
Bibliothèque et Archives Canada
ISBN: 978-2-89591-245-3

Illustrations: Yvan Deschamps
Conception graphique et mise en pages: Amélie Côté
Correction et révision: Annie Pronovost

© 2016 Les éditions FouLire inc.
4339, rue des Bécassines
Québec (Québec) G1G 1V5
CANADA
Téléphone: 418 628-4029
Sans frais depuis l'Amérique du Nord: 1 877 628-4029
Télécopie: 418 628-4801
info@foulire.com

Les éditions FouLire reconnaissent l'aide financière du gouvernement du Canada pour leurs activités d'édition.

Elles remercient la Société de développement des entreprises culturelles du Québec (SODEC) pour son aide à l'édition et à la promotion.

Elles remercient également le Conseil des arts du Canada de l'aide accordée à leur programme de publication.

Gouvernement du Québec – Programme de crédit d'impôt pour l'édition de livres – gestion SODEC.

Imprimé avec des encres végétales sur du papier dépourvu d'acide et de chlore et contenant 10 % de matières recyclées post-consommation.

MIXTE
Papier
FSC FSC® C023527

IMPRIMÉ AU CANADA/PRINTED IN CANADA

Les pouvoirs de SuperHakim

Miniroman de **François Gravel**
Illustré par **Yvan Deschamps**

ÉDITIONS
FouLire

Cette année, pour mon anniversaire,
tante Fatima me donne un chandail.

C'est beaucoup moins amusant qu'un
jouet ou un livre. Ce n'est même pas
un chandail des Canadiens : il est bleu.

J'essaie d'avoir l'air content, mais je n'y arrive pas vraiment. J'aurais préféré qu'elle me prépare un de ses bons gâteaux au miel.

– C'est un costume de superhéros pour notre super Hakim ! s'exclame ma tante en sortant le chandail de la boîte.

C'est vrai que ça ressemble à un vêtement de superhéros : un gros dessin de diamant décore le devant. Dans ce diamant, il y a un H, comme dans Hakim.

Je remercie ma tante et je vais
l'essayer dans la salle de bain.

Je me regarde dans le miroir. Je dois
avouer qu'il me va super bien. On
dirait même que j'ai de gros muscles!

Pendant que je m'admire, mon chat
s'amuse avec quelque chose sous
la baignoire à pattes.

Je me penche pour voir ce que c'est
et je trouve une boucle d'oreille.

Quand je retourne dans le salon avec
mon nouveau chandail et le bijou,
ma mère est folle de joie.

– Tu as retrouvé ma boucle d'oreille!
Comme je suis contente!

– Je savais bien que c'était un chandail
de superhéros! dit ma tante. Hakim a
maintenant des super pouvoirs!

Je vais dans ma chambre pour vérifier si j'ai vraiment des super pouvoirs.

J'essaie de voler, mais je n'y arrive pas. J'essaie de soulever ma commode, mais je ne réussis pas plus. Je ne suis pas plus fort qu'avant.

Je ne suis pas capable non plus de percer des trous dans le plancher par la force de ma pensée, de grimper sur les murs comme une araignée ni de cracher du feu.

Ma tante s'est moquée de moi. Mon seul pouvoir, c'est de retrouver des boucles d'oreilles sous une baignoire à pattes. En plus, c'est mon chat qui l'a trouvée! Quel superhéros voudrait d'un tel pouvoir?

Je sors de ma chambre et je descends au sous-sol pour m'amuser à des jeux vidéo. Malik, mon grand frère, joue du piano. Malik travaille vraiment fort pour devenir musicien et je crois qu'il est très bon. Il compose même des chansons.

Je passe un peu trop vite devant lui et je perds l'équilibre. Je pose une main sur le clavier pour éviter de tomber, et ça fait un grand BOING !

J'ai peur que Malik se fâche, mais c'est le contraire : il est content !

– Un sol septième diminué ! C'est exactement l'accord qu'il me fallait ! Génial ! Comment n'y ai-je pas pensé plus tôt ? Merci, Hakim !

Mon père est un excellent mécanicien.
Il achète de vieilles voitures et passe
des heures à les réparer. Quand il a
fini, il dit qu'elles sont meilleures
que des neuves.

Depuis la semaine dernière, il travaille
sur une voiture décapotable qui lui
donne bien des soucis. Chaque fois
qu'il essaie de refermer le toit, celui-ci
reste coincé dans le coffre.

C'est le moment ou jamais de voir si j'ai des super pouvoirs. Peut-être que je trouverai une solution par hasard!

Je rejoins mon père dans son garage. Pendant qu'il bricole sur son établi, je m'assois au volant de la voiture. J'enfonce le bouton qui commande le toit et...

… et rien du tout! Le toit reste toujours coincé dans le coffre!

J'appuie une deuxième fois sur le bouton, et je réussis seulement à allumer la radio.

Mon père accourt aussitôt.

– Qu'est-ce que tu as fait?

Il a les yeux ronds comme des soucoupes, mais je ne sais pas s'il est fâché ou content.

– J'ai enfoncé ce bouton deux fois de suite, et la radio s'est allumée…

– C'est un vrai miracle : cette radio n'avait jamais fonctionné ! Tu dis que tu as enfoncé deux fois de suite ce bouton et que la radio s'est allumée ? Cela signifie que…

Il tourne deux fois le bouton de
la radio, et le toit sort enfin du coffre !

– J'ai dû me tromper en branchant
les fils ! Je vais réparer cela en criant
lapin ! Et moi qui voulais changer
le moteur ! Merci, Hakim !

Mon père fait de nouvelles connexions dans les fils et ça marche! Il peut ouvrir et refermer le toit comme il le veut, et en plus il peut écouter de la musique!

Il a l'air très heureux et je le suis encore plus.

De retour dans ma chambre, je réfléchis à mon pouvoir. Si je réussis à contrôler le hasard, je pourrai gagner des millions de dollars au casino !

Le problème, évidemment, c'est que les enfants n'ont pas le droit d'entrer dans un casino, ni même d'acheter des billets de loterie.

À bien y penser, ce n'est pas grave. Je n'ai pas envie d'être riche. Je n'aurais pas de place dans ma chambre pour empiler des tas de pièces d'or.

Peut-être que je pourrais mélanger des ingrédients dans la cuisine et trouver par hasard un remède contre toutes les maladies?

C'est une bonne idée, mais je risque aussi de me tromper et d'inventer un nouveau poison!

Comment faire pour garder seulement les bons hasards et éliminer
les mauvais?

En attendant de trouver une réponse
à cette question, j'essaie de défier
la chance. Je joue d'abord dix parties
d'échecs contre mon ordinateur
en déplaçant les pièces n'importe
comment et...

... et je perds dix fois de suite.

Je ne dois pas avoir choisi le bon jeu :
il est rare qu'on gagne aux échecs
par hasard !

Je prends les dés dans mon jeu de Monopoly et j'essaie de deviner le prochain chiffre. Après quelques essais, je m'aperçois que ça ne marche pas plus : quand je veux un 6, j'obtiens un 3. Si je veux un 3, j'obtiens un 4, et si je veux un 4, j'ai un 3…

Ma grande sœur Dalila est triste depuis quelque temps. Son amoureux est parti dans un camp de vacances à l'autre bout du pays et il ne lui a pas encore téléphoné. Elle croit qu'il ne l'aime plus et qu'elle ne le reverra jamais.

Elle reste toujours dans sa chambre et parfois je l'entends pleurer. J'aimerais bien l'aider, mais qu'est-ce que je pourrais faire ? Je ne peux tout de même pas lui trouver un nouvel amoureux par hasard !

Je sors prendre l'air, et aussitôt
un miracle se produit : mon chien

aboie pour signaler que le facteur
vient de laisser du courrier dans
la boîte. Je cours vérifier et je trouve
une lettre adressée à ma sœur.
Une lettre qui vient de l'autre bout
du pays !

Je l'apporte à Dalila. Elle l'ouvre tout de suite, folle de joie. Plus elle lit, plus elle sourit. Quand elle a fini, elle presse la lettre contre son cœur et m'explique ce qui est arrivé.

Le camp de son amoureux est en pleine forêt. Les campeurs doivent tout faire par eux-mêmes avec ce que la nature leur offre.

S'ils veulent se réchauffer, ils doivent faire un feu. S'ils veulent se protéger de la pluie, ils doivent se fabriquer un abri. S'ils veulent communiquer avec leurs parents ou leurs amis, ils ne peuvent évidemment pas sculpter un téléphone ou un ordinateur.

Ils ont cependant le droit d'envoyer des lettres, à condition de les écrire avec une plume d'oiseau trempée dans de l'encre.

Ma sœur est tellement contente d'avoir reçu cette lettre qu'elle veut m'embrasser pour me remercier. J'ai heureusement le temps de me sauver en courant !

Mon pouvoir, c'est de porter chance
à ceux qui m'entourent. Je trouve que
c'est un super bon pouvoir!

Je crois cependant que je vais le garder
secret. Si j'en parle, le monde entier
voudra être ami avec moi et je ne
saurai plus où donner de la tête!

Ce soir, je ferai un dessin pour remercier ma tante. Je lui dirai que j'aime beaucoup mon nouveau chandail et que j'en prendrai soin. Il ne faudrait surtout pas qu'il rapetisse au lavage !

SuperHakim

Auteur : **François Gravel**
Illustrateur : **Yvan Deschamps**

1. Les pouvoirs de Super Hakim
2. La magie de Super Hakim

François Gravel a aussi écrit aux éditions FouLire :

- Les histoires de Zak et Zoé
- Mes parents sont gentils mais... tellement mauvais perdants !
- Poésies pour zinzins
- Le livre noir sur la vie secrète des animaux
- La Bande des Quatre

Achevé d'imprimer
à Québec,
mai 2016.